26 Décembre 79.

VENTE PAR SUITE DE DÉPART

HOTEL DROUOT, SALLE N° 5

Le Vendredi 26 Décembre 1879, à deux heures

OBJETS D'ART

ET DE

BEL AMEUBLEMENT

DES XVIIe ET XVIIIe SIÈCLES

BIJOUX — ARGENTERIE ANCIENNE

EXPOSITION PUBLIQUE

Le Jeudi 25 Décembre 1879 (Noël), de 1 heure 1/2 à 5 heures 1/2

Me ESCRIBE

COMMISS^{re}-PRISEUR

Rue de Hanovre, 6

M. BLOCHE

EXPERT

Boulevard Montmartre, 19

PARIS — 1879

Ve RENOU, MAULDE et COCK

IMPRIMEURS DE LA COMPAGNIE DES COMMISSAIRES-PRISEURS

Rue de Rivoli, 144.

CATALOGUE
D'OBJETS D'ART

ET DE

BEL AMEUBLEMENT

DES XVII⁰ ET XVIII⁰ SIÈCLES

Anciennes Porcelaines de Sèvres, de Saxe, de la Chine et du Japon
Faïences françaises, Tableaux, Ivoires

TRÈS-BEAUX BRONZES D'AMEUBLEMENT

LOUIS XV ET LOUIS XVI

Bijoux, Diamants, Argenterie ancienne

BEAUX MEUBLES COUVERTS EN TAPISSERIE

Meubles en bois sculpté. Commodes richement ornées de bronzes dorés
Tapisseries de Beauvais et de Lille

DONT LA VENTE AURA LIEU

PAR SUITE DE DÉPART

HOTEL DROUOT, SALLE N° 5

Le Vendredi 26 Décembre 1879

A DEUX HEURES

Mᵉ ESCRIBE	M. BLOCHE
COMMISⁱ⁰-PRISEUR	EXPERT
Rue de Hanovre, n° 6	Boulevard Montmartre, 19

CHEZ LESQUELS SE DISTRIBUE LE PRESENT CATALOGUE.

EXPOSITION PUBLIQUE

Le Jeudi 25 Décembre 1879 (Noël), de 1 heure 1/2 à 5 heures 1/2.

PARIS — 1879

CONDITIONS DE LA VENTE

—

Elle sera faite au comptant.

Les Acquéreurs paieront CINQ POUR CENT en sus du prix d'adjudication.

DÉSIGNATION

ARGENTERIE

1 — Belle Aiguière avec bassin en vermeil avec guirlandes de roses, finement ciselée. Marquée aux poinçons du vieux Paris.

2 — Belle Écuelle à anses plates avec couvercle en argent ciselé et repoussé; riche décor de rocailles et de guirlandes. Travail français de l'époque Louis **XV**.

3 — Joli Plateau en argent ciselé, époque Louis **XVI**.

4 — Grande et belle Cafetière en argent à côtes tournantes, offrant au bec une tête de chimère. Travail français, époque Louis **XV**.

5 — Écuelle à anses plates en argent. Travail français, époque Louis **XIV**.

6 — Grande et belle Aiguière en argent gravé. Travail français, époque Louis **XVI**.

7 — Couvert en vermeil.

8 — Couvert de voyage en argent incrusté, époque Louis XIV.

9 — Paire d'Éperons en argent, époque Louis XIV.

10 — Six Cuillers en argent, xvie siècle.

———

BIJOUX, DIAMANTS

11 — Paire de beaux Boutons d'oreilles, brillants solitaires.

12 — Belle Bague, formée d'un gros brillant solitaire.

13 — Broche de corsage, forme bouquet, avec pampilles tout en brillants.

14 — Beau Bracelet composé de trente brillants et neuf œils de chat.

15 — Belle Bague composée d'un œil de chat entouré de quatorze brillants.

16 — Belle Bague marquise composée d'un saphir et vingt brillants.

17 — Médaillon lapis, enrichi d'un gros brillant.

18 — Bague saphir entouré de brillants.

19 — Collier en or, enrichi de pendeloques, turquoises, perles et roses.

20 — Broche de corsage en or, enrichie de turquoises, perles, brillants et roses.

21 — Paire de Pendants d'oreilles, turquoises entourées de roses.

22 — Paire de Boutons d'oreilles composés chacun d'une perle grise entourée de brillants.

23 — Paire de grosses Perles grises, pendeloques entourées de roses.

24 — Broche-Pendentif toute en perles, brillants et roses.

25 — Porte-Bonheur enrichi de onze brillants.

26 — Broche, forme pensée, toute en belles roses de Hollande avec perle au milieu.

27 — Paire de Boutons d'oreilles brillants solitaire.

28 — Collier en or, partie émaillée vert, enrichi de trente-cinq perles.

29 — Bracelet en or mat, pour portrait.

30 — Paire de Boutons de manchettes, gros grenats cabochons, monture or mat.

31 — Trois Appliques et un Fermoir de collier en émeraudes, brillants, perles et roses.

32 — Bague, rubis entouré de brillants.

33 — Bague en or, enrichie d'un brillant.

34 — Bague en or, enrichie de trois saphirs et deux brillants.

35 — Bague en or avec brillant, entourage émaillé noir.

36 — Bague en or et cinq roses.

37 — Bague en or, trois perles roses et quatre brillants.

38 — Bague en or, enrichie d'un brillant.

39 — Demi-Parure en or et émail, style Campana.

40 — Paire de Boucles d'oreilles, même modèle.

41 — Pendentif en argent émaillé, enrichi de brillants de table et perles fines, style du XVIᵉ siècle.

42 — Demi-Parure en argent émaillé, représentant saint Georges, enrichie de rubis, émeraudes et perles fines, style du XVIᵉ siècle.

43 — Croix en argent émaillé, enrichie de rubis, émeraudes et perles, style du XVIᵉ siècle.

44 — Montre en or guilloché et ciselé, ornée de jargons, époque Louis **XVI**.

45 — Belle Bague de l'époque Louis **XVI**, composée d'un gros rubis entouré de brillants.

46 — Belle Bague de l'époque Louis **XVI**, agate herborisée entourée de brillants.

PORCELAINES

47 — Deux grandes Bouteilles carrées en vieux Chine, famille verte; décor à figures et paysages.

48 — Petite Fontaine à thé en vieux Japon, monture en bronze doré Louis **XIV**.

49 — Deux petits Brûle-Parfums en porcelaine de Sèvres bleue, monture en bronze doré Louis **XVI**.

50 — Deux petites Potiches en vieux Chine, fond bleu turquoise et vert à fleurs.

51 — Deux belles Boîtes carrées en ancienne laque de la Chine, décorées de paysages et d'oiseaux.

52 — Deux Seaux en vieux Sèvres: décor à médaillons d'oiseaux bleu et or.

53 — Groupe de deux figures en ancienne porcelaine
de Charles Théodore.

54 — Deux Figurines (Chanteur et Bergère) en ancienne
porcelaine de Saxe.

55 — Neuf Assiettes en porcelaine à la reine.

56 — Grand Groupe en ancienne porcelaine de Saxe
(le Triomphe de Neptune).

57 — Brûle-Parfums en bronze doré, orné de moutons,
d'un vase et de fleurs en ancienne porcelaine de
Saxe.

58 — Groupe de trois figures en ancienne porcelaine
de Saxe (Allegorie de l'Eté).

59 — Figurine en vieux Saxe, représentant un Turc.

60 — Groupe de deux enfants en vieux Vienne.

BRONZES D'ART ET D'AMEUBLEMENT

61 — Très-belle Pendule, avec socle en bronze doré;
modèle à grands ornements et fleurs. Cadran
signé *Charles Baltazar*, à Paris, époque
Louis XV.

62 — Très-belle Pendule en bronze doré, forme vase,
à guirlandes de lauriers, sur socle en marbre
blanc orné de bronzes. Cadran signé *Rotrou,
horloger du roi*, époque Louis XVI.

63 — Beau Groupe en bronze, patine rouge (l'*Enfant
au coquillage*), d'après PIGALLE.

64 — Deux Chenets en bronze doré, forme rocaille,
époque Louis XV.

65 — Belle Garniture de cheminée : Pendule et Candélabres à six lumières en bronze doré, style
Louis XV, de BARBEDIENNE.

66 — Devant de feu en bronze doré, même style.

67 — Deux Appliques en bronze doré, à deux lumières,
époque Louis XVI.

68 — Beau Cartel en bronze doré ; modèle à mascarons
et draperies, époque Louis XVI.

69 — Pendule en écaille et marqueterie d'étain gravé.

70 — Deux Appliques en bronze, à trois lumières,
garnies de cristaux de Bohême, époque
Louis XV.

71 — Pendule en bronze doré, avec figurines, fleurs et
animaux en Saxe, époque Louis XV.

72 — Deux Candélabres analogues.

73 — Deux Brûle-Parfums en bronze ancien de la Chine, avec sujets en relief.

74 — Paire de Candélabres en bronze doré, à quatre lumières, représentant des enfants tenant des vases.

75 — Deux belles Appliques en bronze doré, à une lumière, époque Louis XIV.

76 — Statuette d'Apollon en bronze, sur socle en rouge antique.

77 — Petit Buste en bronze (*le Rieur*), sur socle rouge antique.

78 — Petite Pendule en marbre blanc et bronze doré, époque Louis XVI.

79 — Paire de Flambeaux, formant cassolettes, en marbre blanc et bronze doré, époque Louis XVI.

80 — Deux petits Vases-Brûle-Parfums en bronze doré, époque Louis XVI.

81 — Deux Appliques à roseaux en bronze doré, marquées du poinçon de *Caffieri*.

82 — Statuette représentant la Tragédie sous les traits de *Rachel*. Bronze doré et argenté de BARBE-DIENNE.

83 — Pendule à colonnettes en marbre blanc et bronze doré, époque Louis XVI.

84 — Deux Pieds de vases en bronze, style Louis XV.

85 — Deux grands Chenets en fer et cuivre, époque Louis XIII.

86 — Grande Cloche en bronze ancien du Japon.

OBJETS D'AMEUBLEMENT

87 — Beau Lit de milieu, à panneaux, de forme cintrée, garnis de damas de soie verte et de passementeries. Bois sculpté réchampi de blanc.

88 — Ameublement, composé de : une Bergère, deux Fauteuils, deux Chaises et une Tablette de cheminée en bois sculpté réchampi de blanc, couverts en velours vert frappé, style Louis XV.

89 — Rideaux de lit avec baldaquin; une paire de Rideaux de croisée en damas de soie verte.

90 — Très-belle Commode, de forme cintrée, en marqueterie et bois de violette, richement ornée de bronzes dorés, époque Louis XV.

91 — Très-belle Commode, de forme cintrée, en bois de violette, richement ornée de bronzes dorés, époque de la Régence.

92 — Commode en bois de violette, forme cintrée, à cannelures de cuivre sur les côtés, ornée de bronzes dorés, époque Louis XV.

93 — Secrétaire en marqueterie, orné de bronzes dorés, époque Louis XVI.

94 — Bahut en marqueterie de bois, décoré de figures allégoriques et d'ornements.

95 — Chiffonnier en bois noir et marqueterie, style Louis XVI.

96 — Table de salon en bois sculpté et doré, époque Louis XIV.

97 — Petit Canapé en bois sculpté et doré, couvert en tapisserie des Gobelins, fond rouge, à médaillons d'oiseaux, époque Louis XVI.

98 — Quatre Fauteuils en bois sculpté et doré, couverts en tapisserie fond rouge, médaillons à oiseaux, époque Louis XVI.

99 — Deux grands Fauteuils en bois sculpté et doré, couverts en tapisserie fond rouge, à attributs, époque Louis XVI.

100 — Jolie Marquise, forme dite Marie-Antoinette, en bois sculpté et doré, couverte en soie capitonnée.

101 — Deux petits Fauteuils, forme dite Marie-
Antoinette, en bois sculpté et doré, couverts
en soie ancienne.

102 — Écran en bois sculpté et doré, style du
XVIIIe siècle.

103 — Petite Table à huit pieds en bois sculpté, style
Renaissance.

104 — Tabouret en bois sculpté et doré, couvert en
soierie, époque Louis XVI.

105 — Autre Tabouret, dans le même style.

106 — Deux petites Chaises en acajou, style Louis XVI,
couvertes en velours de Gênes.

107 — Deux Rideaux en velours de Gênes, encadrés de
peluche rouge.

108 — Fauteuil Renaissance, couvert en velours

109 — Canapé en bois sculpté et doré, couvert en soie
ancienne Louis XVI.

110 — Petite Table-Bureau avec tablettes, époque
Louis XV.

111 — Tabouret à X en bois doré, style Louis XVI.

112 — Quatre Flambleaux d'autel en bois sculpté et
doré, époque Louis XIV.

113 — Petite Vitrine à bijoux, cadre en bois sculpté et doré, époque Louis XIV.

114 — Belle Bordure, formant encadrement de portière en tapisserie.

115 — Bandeau en tapisserie analogue.

116 — Panneau en tapisserie de Lille, fond bleu, représentant une Composition d'après Bérain, avec bordure, époque de la Régence.

117 — Tapisserie verdure.

118 — Deux Gaînes d'appliques, s'ouvrant à un battant, en mosaïque de Florence, richement ornées de bronzes dorés, style Louis XIV.

119 — Meuble-Toilette surmonté d'une glace en laque de la Chine.

120 — Deux Encoignures Louis XVI en bois doré.

121 — Deux Encoignures en bois doré, moins grandes.

122 — Tapisserie de Beauvais, représentant un paysage avec bordure.

123 — Garniture composée de quatre grands Rideaux de croisée et deux Rideaux de lit en peluche rouge et verte frappée.

124 — Chaise couverte en tapis velours d'Orient.

FAIENCES

125 — Écuelle en Moustiers.

126 — Plat ovale de Nevers.

127 — Plat de Rouen.

128 — Soupière de Rouen.

129 — Dix-neuf Assiettes en faïence de la Révolution.

130 — Soupière de Niederwiller, à rocailles.

———

IVOIRES

131 — Jonque en ivoire, avec figurines. Travail japonais.

132 — Petite Voiture, avec figurines en ivoire. Travail
japonais.

TABLEAUX

—

133 — **Boucher** (D'après). Sujet.

134 — **Schalken** (Signé et atttribué à). Le Marchand de cornes.

135 — **Claudius Jacquaud** (Attribué à). Après déjeuner.

136 — **École française**. Vue d'Italie.

137 — **École hollandaise**. Scène d'intérieur.

Ves Renou, Maulde et Cock, imprs de la Compagnie des Commissaires-Priseurs rue de Rivoli, 144.   2942